Vite, vite, Benjamin!

Pour Brooke et Devin – P.B.

Pour Jack et Beth, avec affection – B.C.

Données de catalogage avant publication (Canada)

Bourgeois, Paulette
Hurry up, Franklin. Français
Vite, vite, Benjamin!

Traduction de : Hurry up, Franklin.
ISBN 0-590-71974-2

I. Clark, Brenda. II. Titre. III. Titre : Hurry up, Franklin. Français.

PS8553.087H814 1991 jC813'.54 C91-95617-0 PZ23.B67Vi 1991

Benjamin est la marque déposée de Kids Can Press Ltd.

Édition publiée par Les éditions Scholastic,
175, Hillmount Road, Markham (Ontario) Canada L6C 1Z7,
avec la permission de Kids Can Press Ltd.

9 7 6   Imprimé à Hong-Kong   02 03 04 05

Vite, vite, Benjamin!

Texte de Paulette Bourgeois
Illustrations de Brenda Clark

Texte français de Christiane Duchesne

Les éditions Scholastic

Benjamin savait glisser tout seul dans la rivière.
Il savait compter à l'endroit aussi bien qu'à l'envers.
Il savait boutonner sa chemise et nouer ses lacets.
Il pouvait même dormir tout seul dans sa petite
carapace sombre. Mais Benjamin était lent, plus lent
que les tortues les plus lentes.

— Vite, vite, Benjamin! supplie sa mère.

— Vite, vite, Benjamin! demande son père.

— Vite, vite, Benjamin! crient ses amis.

— J'arrive tout de suite, répond Benjamin.

Mais il y a toujours tant à faire et à voir;
Benjamin n'arrive jamais tout de suite.

Ce jour-là, Benjamin est tout excité. Il est invité chez Martin. C'est un grand jour, un très grand jour.

— Vite, vite, Benjamin! lui dit sa mère. Il ne faut pas être en retard.

La maison de Martin n'est pas loin. C'est sur le sentier, passé le pont et le champ des petits fruits. Benjamin décide de se presser, mais quelque chose d'étrange attire son regard. Il s'éloigne du sentier et aperçoit Basile le lapin qui fait des bonds partout dans les hautes herbes vertes.

— Que fais-tu là? demande Benjamin à Basile.

— Je joue à saute-mouton. Tu veux jouer avec moi?

— Je m'en vais chez Martin et il faut que j'arrive à l'heure.

— On a tout le temps, répond Basile sans penser que Benjamin est lent, plus lent que les tortues les plus lentes. C'est tout près, sur le sentier, passé le pont et le champ des petits fruits. Viens jouer avec moi.

Benjamin sait bien que ce n'est pas loin, alors il accepte. Basile saute, saute et saute encore par-dessus Benjamin. Mais au bout d'un moment, Basile dit :

— C'est l'heure! Vite, vite, Benjamin ou tu seras en retard!

Et Basile s'en va à grands bonds sur le sentier qui mène chez Martin.

— J'y serai dans une minute, dit Benjamin.

Il décide de se presser lorsqu'il entend un drôle de son. Benjamin s'éloigne encore plus du sentier et trouve Aurélie la loutre qui se glisse dans la rivière.

— Que fais-tu là? demande Benjamin à Aurélie.

— Je glisse dans la rivière. Tu veux jouer avec moi?

— Je m'en vais chez Martin et il faut que j'arrive à l'heure.

— Tu as tout le temps, répond Aurélie sans penser que Benjamin est lent, plus lent que les tortues les plus lentes. C'est tout près, sur le sentier, passé le pont et le champ des petits fruits. Viens jouer avec moi.

Benjamin sait bien que ce n'est pas loin, alors il accepte. Il glisse dans la rivière, fait des gerbes d'eau et des tonnes de bulles. Au bout d'un moment, Aurélie lui dit :

— C'est l'heure! Vite, vite, Benjamin ou tu seras en retard!

Aurélie part à la nage, donne un grand coup de queue et file vers la maison de Martin.

— J'y serai dans une minute, dit Benjamin.

Tout est très calme. Benjamin est tout seul et bien loin du sentier. Basile est parti, Aurélie aussi. Benjamin a peur : et s'il était déjà en retard?

Il marche aussi vite que le lui permettent ses petites pattes de tortue. Il file à travers champs et retrouve le sentier. Il arrive près du pont lorsqu'il entend un bruissement dans les herbes. Il aperçoit une tache de fourrure rousse. C'est Raffin le renard.

— Tu veux jouer avec moi? demande Raffin.

— Je m'en vais chez Martin et il faut que j'arrive à l'heure, répond Benjamin.

— C'est tout près, répond Raffin. Passé le pont et le champ des petits fruits. Viens jouer à la cachette.

Benjamin hésite. Jouer à la cachette, c'est ce qu'il aime le plus.

— Prêt, pas prêt? demande Raffin.

— Prêt! crie Benjamin.

Mais juste au moment de laisser le sentier, il se rappelle que c'est un très grand jour et qu'il ne doit pas être en retard.

— Je ne peux pas jouer, je dois me dépêcher, dit Benjamin.

Il court dans le sentier et passe le pont. Il va si vite qu'il marche presque sur Arnaud l'escargot.

— Où t'en vas-tu si vite? demande Arnaud qui est encore plus lent que Benjamin.

— Je m'en vais chez Martin et il faut que j'arrive à l'heure. Je dois me presser. Je ne peux pas être en retard, sinon je vais tout gâcher.

Arnaud se met à pleurer.

— Qu'est-ce qui ne va pas? demande Benjamin.

— Moi, je n'arriverai jamais à l'heure, dit Arnaud dans un sanglot.

— C'est tout près, passé le champ des petits fruits, dit Benjamin.

Pour le pauvre escargot, cela semble si loin qu'il se remet à pleurer de plus belle.

— Ne t'en fais pas, dit bravement Benjamin.

Mais cela l'inquiète lui aussi. C'est plus loin qu'il ne croit. Le champ des petits fruits est très grand. Il regrette d'avoir joué avec Basile. Il regrette d'avoir joué avec Aurélie. Il regrette d'avoir perdu tout ce temps à parler avec Raffin. Et il se rappelle que c'est un très grand jour pour Martin. Pas le temps de pleurer, il doit se presser.

— Viens avec moi, Arnaud, dit-il en aidant l'escargot
à grimper sur son dos.

— Vite, vite, s'il te plaît, murmure Arnaud.

Benjamin n'a pas besoin de se le faire dire. Il avance
d'un pas sûr et égal. Vite, il passe les mûres et vite, les
groseilles. Il file à travers les framboises. Il est presque
arrivé à la barrière de chez Martin lorsqu'il se souvient
d'une chose très importante.

Il s'arrête à la lisière du champ et se met à cueillir à pleines mains les bleuets les plus mûrs, les plus gros et les plus juteux.

— Ce n'est pas le temps de cueillir des bleuets, dit Arnaud. Tu sais qu'il faut arriver à l'heure.

Benjamin murmure quelque chose à l'oreille de l'escargot. Aussitôt, Arnaud se met à la tâche.

— Vite, vite, s'il te plaît! Dépêche-toi, Benjamin!

Il remonte rapidement l'allée de chez Martin, passe la porte, traverse la cuisine et arrive au salon.

Basile est là. Aurélie et Raffin sont là aussi. Tout le monde y est. Arnaud et Benjamin arrivent juste à temps pour crier avec eux :

— Surprise! Bon anniversaire, Martin!

Et ce fut une des plus belles fêtes.